Robert

Maximiliam

Poemario

(Papel)

A MI AMIGO DE SIEMPRE
MI PADRE

2019

Edición papel 2019

Poemario

«A MI AMIGO DE SIEMPRE, MI PADRE»

ISBN 978-1-988475-69-1

Editada bajo el sello de EDITIONS ROMAX

A mi padre **MAXIMILIANO LEMUS JUHL**...

«Han pasado muchos años de tu partida y tu recuerdo sigue perenne como el tiempo, tan fresco como cada mañana, tan vivo como tu nombre y tan eterno como el mismo amor»

Robert Maximiliam.

INDICE

1- MI VERDADERO HEROE... ES MI PADRE

Cuando era pequeño y caminaba junto a mi padre,

lo veía tan grande, tan fuerte y tan inteligente

que yo siempre me decía:

¡Cuando sea grande, yo quiero ser como mi padre!

Imitaba cada gesto suyo:

su caminar, su sonreír,

su modo de hablar y hasta su forma de ser.

Y cuando la gente decía:

¡Cómo se parece a su padre!

Me hacían sentir el niño más feliz del mundo.

¡Ahora no está a mi lado!

No saben cómo desearía que lo estuviera.

Él fue mi padre, mi maestro y amigo.

Por eso, cuando mis amigos me dicen:

¡Cómo te pareces a tu padre!

Me siento tan orgulloso,

tan feliz porque en verdad les digo:

MI VERDADERO HEROE... ES MI PADRE.

A mi padre de ayer,

a mi maestro de mi niñez,

Al amigo de mi juventud,

a mi héroe de siempre

le digo: ¡GRACIAS!

Por su tiempo,

por sus juegos,

por ser simplemente... mi PADRE.

Le digo: ¡GRACIAS!

Por la vida,

por los castigos,

por amar, siempre, a mi MADRE.

A ese padre sin experiencia,

a ese maestro sin títulos,

a ese amigo sin condición,

ése, es mi héroe...

ÉL ES MI HEROE,

MI HEROE...

MI HEROE ES...MI PADRE.

¡Gracias, querido, papá!

Por haberme dado tu tiempo y jugar conmigo;

por enseñarme a ser tu amigo,

por mostrarme como se es un hombre;

por haberme dado la vida,

por haberme dado tu nombre.

Sabes,...

aún quiero ser como tú

porque aún sigues siendo mi héroe.

ÉL ES MI HEROE, MI HEROE, MI HEROE ES...MI PADRE.

2- LA GRANDEZA DE MI PADRE

Grande es mi padre y no hay nadie como él.
Yo lo quiero, le respeto, es orgullo en mí ser.
Sus palabras me acompañan
como estrellas en la oscuridad,
Sus consejos me sostienen
como barca en la tempestad.

Su paciencia en mi indolencia
Fue, forjando piel y ser,
Su constancia en mi ignorancia
Fue, educándome el saber.

Con su ejemplo de cada día
puso huellas a seguir,
Me miraba y su alegría
me invitaba a vivir.

Para él, es mi tributo,
mi eterno agradecer;
Por ser padre, ser maestro,
ser amigo y ser fiel conmigo.

La grandeza de mi padre
no tiene comparación,
Ese mi viejo es mi orgullo,
él es mi bendición.

3- PADRE

¡Padre!

Por mis venas corre sangre de tu sangre,

En mi cuerpo está impreso tu silencio,

En mi vida está, el sello de tu amor.

¡Padre!

En mis manos llevo la antorcha de tus sueños,

En mis pasos la confianza de tus consejos

Y en mi corazón, el anhelo de tu amor.

Por ti soy, padre mío,

El reflejo de tu amor.

Por ti soy, padre bueno,

El futuro de tu amor.

¡Padre!

Si supieras el orgullo de mi amor por ti.

¡Padre!

La vida, te la debo solamente a ti.

¡Padre!

Sin ti, no sería lo que hoy soy.

Por ti soy, padre mío,

El fruto de tu amor.

Por ti soy, padre bueno,

El futuro de tu amor.

4- LOS RECUERDOS DE MI PADRE

Cuando recuerdo a mi padre en vida,

Se me llenan los ojos de puntos mojados

Y pienso en cada momento a su lado,

Cada instante compartido en su compañía.

Recuerdo...

Su mirada: firme y comprensiva.

Su estampa: elegante y elocuente.

Su sonrisa: coqueta y efusiva.

Su palabra: sólida y vigente.

Le recuerdo...

Siempre atento al sentir de la gente,

Disponible en todo momento,

Creativo en el presente.

Era...

Razonable al actuar con el mundo,

Indiscreto al guardar un secreto,

Amigable en cada segundo.

Mi memoria lo guarda preciosamente,

Su testimonio me endulza en lo ausente,

Su historia me muestra el horizonte.

Sus pasos guían mi caminar

Su abrazo caliente mi despertar,

Su palabra me lleva sin vacilar.

Me ofreció su legado en testamento,

Su pasado en firmamento,

Su llamado en un sentimiento.

Me concedió

El deseo de sentirme amado,

La libertad del bohemio enamorado,

La paz del poeta entusiasmado.

Me construyó

Puente entre los presentes,

Fortaleza entre la maleza,

Refugio en medio del diluvio.

Su visión profética

Siempre fue una estrella en el firmamento,

Su alma poética

Marcó mi romanticismo a través del tiempo.

Le llevo dentro

Como un tesoro que atesoro con cada recuerdo;

Como un vino tinto

Aromático, delicioso, sabroso que me remoja el verbo.

Vuela en mi cielo

Como gaviota en celo

Queriendo, estar presente en el horizonte;

Omnipresente armonía

Que en mi caminar es guía

Como estrella del oriente pintando ecos de repente.

Le recuerdo tanto

Que en mi alma es un canto

Que alegra mi vivir sin estar presente.

Lo quiero tanto que parece un santo

Que con devoción le alabo en mi oración,

En mi alma y en mi corazón.

5- RECORDANDO A MI PADRE

¡Hoy! Sin saber ¿por qué? El recuerdo, de mi padre,
Vino a mi mente como una dulce brisa mañanera;
Dulce quimera que animó mi alma prisionera
De un anhelo profundo que dormía dentro.

Imágenes, vagas; nubes de mi niñez
Cruzaron el cielo de mis recuerdos;
Dulces melodías envueltas de mi pequeñez
Que endulzan momentos en forma de versos.

Lo vi de rodillas haciéndome cosquillas,
Su sonrisa se iluminaba en mis ojos,
Me tomaba entre sus brazos,
Me mimaba con su barbilla.

Frente, a mi casa, sobre el andén;
Se sentaba, seguido, a ver pasar a la gente,
Yo me sentaba, a su lado, sin desdén,
Él me cogía y me subía sobre sus rodillas de repente.

Hablamos de todo y de nada;
Siempre me respondía con sabiduría honrada,
Me parecía un ser sumamente inteligente,
Siempre, la buena respuesta, para mis preguntas de infante.

Al caminar a su lado cada día,
Le imitaba hasta su andado;

Sus caricias sobre mi cabello, despeinado,
Me llenaba el alma de alegría.

Sus palabras, gestos y caricias
Vuelven como palomas blancas sin heridas;
Esos bellos momentos sin malicias
Me han marcado para siempre en mi vida.

Mi padre y yo
Estamos unidos por el tiempo y la distancia;
Su recuerdo es el alimento oportuno
Que me fortalece en el tiempo sin abundancia,
En el desierto y en el ayuno.

Sonrío y me pierdo en el tiempo;
Vuelvo a mi infancia de ensueño;
Mi padre es el único dueño
De aquellos momentos sin tiempo.

Lo veo:
Coqueteando con mi madre,
Enseñando con ternura,
Sonriendo con la gente;
Animando al caído,
Ayudando al desvalido,
Visitando al amigo;
Compartiendo su experiencia,
Preparando su ausencia.

Lo recuerdo:

Meciéndose en una hamaca del olvido,

Leyendo algún libro sin sentido,

Hablando con mi abuelo;

Bromeando conmigo,

Corrigiéndome con firmeza,

Orando sobre la mesa;

Meditando cerca del río,

Musitando una vieja canción de su tiempo;

Inventándose un cuento en el viento,

Cabalgando en las estrellas sin aliento,

Buscando respuestas en las ruedas;

Llenando matates de ideas nuevas,

Callando problemas en su silencio.

A mi padre le recuerdo aún,

Con la gracia y el estilo de un, hombre bueno;

Aquel que firmó su vida

Con el caminar del que quiere ser recordado, en lo sereno.

A mi padre le recuerdo aún

Porque sigue siendo en mi vida

El mejor padre que pudo darme el Dios de lo bueno.

6- CAMINANDO JUNTO A MI PADRE

Siempre elegante en su andar,

Con paso seguro de militar;

Mirando siempre de frente

Y sonriendo al encontrar a un presente.

Cada marcha era una aventura,

Me hablaba al caminar;

Me tomaba de la mano y yo, de su cintura,

Cuando algo extraño iba a llegar.

Me contaba de sus cosas,

Más le admiraba al comprobar

Que su palabra era buena

En su actuar y pensar.

Era un enorme esfuerzo

Mantener su paso lento,

Pero al fin logré alcanzarlo

Cuando los años me dieron tiempo.

Comprendí, entonces,

Que no era tanto, el caminar,

Que me gustaba;

Era más, escucharlo hablar,

Lo que me deleitaba.

Sus pasos de gigante,

se fueron, poco a poco, haciendo enanos;

Pero, siempre, elegante

Aún guarda, la fuerza, al dar su mano.

Ya no es lo que era antes

Pero sigue siendo aquel que admiraba tanto.

7- NO HAY MEJOR REGALO QUE TU PRESENCIA

¡Quién más podría amarme, como tú!

Nadie, Nadie sería capaz de tanto amor.

A pesar de mis defectos,

A pesar de mis pasiones,

A pesar de mi temor.

Sólo tú, solamente tú

Me has amado con tanto candor,

Me has guiado con tanta rectitud;

Me has mostrado lo que es el verbo amar,

Me has dejado el fondo tu mejor virtud...

Ser padre por inspiración.

Tú, presencia, no la cambio; por ninguna.

No hay fortuna que me aparte de tu lado,

No hay pasado sin la marca de tus pasos;

No hay repaso en el cual no estés a mi lado.

Mí, más, hermoso regalo, has sido tú;

Y me siento honrado de llamarme hijo tuyo;

Y en mi legado, espero, ser un pequeño susurro

Bordado al costado de tu amparo.

Me siento amado

Y, eso, gracias a tu presencia a mi lado;

Gracias al ejemplo que me has dado,

Gracias al tiempo disfrutado a tu lado.

8- HONOR A QUIEN HONOR MERECE

Honor a quién honor merece,

A mi padre...

Por el tiempo, pasado a mi lado;

Por su legado, dejado en cada gesto;

Por su beso, plasmado, en mi frente;

Por su presente, ofrecido como presente.

A mi padre...

Por la ermita fundada en mi santuario,

Por el abecedario, escrito, con agua bendita;

Por la casita pintada en mi diario,

Por su diario marcando mi rosario.

Honor a quien honor merece,

A mi padre...

Por las veces que aguantó mi calentura,

Por la aventura de su gesta en mi escultura,

Por la cultura plasmada en mi herradura,

Por la moldura ceñida en mi cintura.

A mi padre...

Por la erudita, tintura, de su amor en mi mirar,

Por su callar meditando las palabras a expresar,

Por su hacer, considerando, su deber ... de padre.

9- MI ESPEJO, MI INSPIRACIÓN

No existe duda en mi alma,
Ni vacilación del ánimo en mi corazón.
No puedo imaginar otra llama
Que encienda la inspiración de mi ilusión.

En él, me veo reflejado,
Calcado, inspirado.
Cuál poema escrito en el pasado.
En él, me veo señalado,
Marcado, amado.
Cuál estrella brillando en lo sagrado.

En él, me veo pintado,
Bordado, soñado.
Cuál soldado honrado por su legado.
En él, me veo siempre a su lado,
Sonriendo, ilusionado.
Cuál sombra eterna en lo amado.

No existe hombre más querido,
Ni pronombre amado en el lado de mi corazón.
No puedo callar tanto amor sentido
De aquel que me inundó con su ilusión.

Por él, he querido ser, hacer y luchar.
Un motivo a admirar sin esperar.
Por él he querido volar, soñar y amar.

Ir más allá de lo que piensan los demás.

Por él he querido dar, ofrecer y conjugar.

La palabra paz en el rostro de un, quizás.

Por él, me he quedado en callar,

aguantar y perdonar.

Queriendo guardar el amor para profesar.

Por él he querido ser algo más que, un simple, ser;

Imitando su hacer en el verbo de un poder.

Él ha sido mi espejo, mi oasis, mi reflejo.

El mejor ejemplo a seguir, imitar y calcar.

Él ha sido mi inspiración, mi todo, mi canción.

La estrella a seguir y el verbo a repetir.

Él ha sido mi bujía, mi brújula, mi compás.

La chispa de mi vivir y la fogata, dónde, sosegar.

Por él, hoy canto glorias en noches buenas,

Aleluyas a manos llenas

Y Santos que brotan de mis venas.

Él es la imagen del manifiesto de mí existir.

10- POR LOS SIGLOS DE LOS SIGLOS

Pasarán los años, pasarán veranos y
pasará la vida;
Pero, siempre, estarás en mí.

Tan fresco como un rocío,
Tan vivo como mi sentimiento,
Tan, eterno, como su silencio;
Tan mío como mi latido.

Por los siglos de los siglos...
Tu nombre vibrará en mi sentir,
Tus pasos me guiarán en mí vivir,
Tu sombra dormirá en mí existir.

Y cuando amanezca de nuevo,
Cuando nazca en mi otro deseo,
Serás presente, siempre, en mi mente;
Al amarte, serás, mi mejor presente.

Y gritaré con orgullo tu nombre,
Y abrazaré como mío tu recuerdo,
Y te llamaré sin miedo «padre»
Sonriendo perenne a tu verso.

Y en el universo, confeso,
Seré, por amor, tu beso;
Ese reflejo que me hace preso,

Por ser el eco de tu sentimiento.

Por siempre y para siempre

En mi vida estarás tú,

Por siempre y para siempre

En mi corazón vivirás tú.

11- UNA CARTA A MI PADRE

Te escribo queriendo ser olivo
De aquel plantar que fue tu prosa,
ser el cerezo de un pequeño beso
que musitó el yeso de una diosa.

Busco sin afán de ser galán
Aquella palabra tuya que hice mía,
Aquella letanía envuelta en celofán
Para cubrir el pan que muere en la lejanía.

Y quiero contarte cosas que fueron rosas
Y en su día mariposas vistiendo hermosas
Para alabar mi cobardía de una osadía
Que chocó en el eco de una algarabía.

Contarte mis verdades que no sé si son mentiras,
O mentiras que se han vuelto deidades,
Casualidades fueron algunas formalidades,
Que, de tan formales, se transformaron en tamales.

Cosas de la vida que siguen sin sintonía,
Pesadillas en forma de hebilla para cerrar caudales,
Animales de mis matorrales que esconden llagas,
Plagas de mi silencio que son escarchas en el tiempo.

Quiero pintarte azacuanes en mares lejanos,
Meridianos queriendo ser cristianos,

O enanos mutando en paisanos.

Te diré que la flor que me dejaste,

Aún florece en el altavoz de mi siesta;

Aquel lucero que colgaba, en lo callado;

Permanece, amado, en la cruceta de mi ballesta.

Te diré que sigo de pie, erguido y prendido,

Entero en lo que espero sea un lucero,

Callado, musitando, el eco que alimenta mi alma;

En calma, buscándote, entre los reflejos de una llama.

Y no me voy, sin antes, quedarme;

Y no te digo adiós porque, aún, estoy;

Y deseo ser lo que querías que fuese,

Y, muchas veces, soy porque contigo voy.

12- UN VERSO PARA MI ABUELITO

¡A mi viejito, querido!
A ese de manos ásperas y temblorosas,
Al de pelo blanco y ceño fruncido;
al que usa bastón de palo de rosas.

A ese hombre bueno,
al que el tiempo olvidó,
A ese de curcucho dormido
Al que, los años, cansó;
A ese pedacito de cielo
Que me regaló un sueño
Y, en mi empeñó,
En el camino murió.

A ese viejito de mil caprichitos,
Que puso, unos puntitos, en mis caminitos;
Le dedico mi verso bendito,
Como ofrenda divina a un amorcito.

A mi abuelito
A ese que, me mostró, lo que no está escrito;
Las musas del silencio
Y las hadas del cuento.

A él, mis letras sagradas,
Mis ideas de mozo,
Las curvas de la alborada

Y, el hueco, en lo misterioso.

A mi viejito, le dedico,
El verso de mi abanico,
La locura de cuando chico
Y, la hermosura, del dicho.

13- INFINITAMENTE GRACIAS

Por haberme regalado, tu tiempo,
Esos hermosos momentos
a la sombra de tu presencia,
Esos exquisitos instantes
en el verso de tu ausencia...
Infinitamente gracias.

Por haberme regalado, el ejemplo;
Esas sagradas aventuras,
Conquistando, montes y llanuras;
Esas mimadas llamadas
Para meterme en cinturas...
Infinitamente gracias.

Por haberme regalado, tu mirada
Para escalar mis sueños
Subido en la nube de mis posibilidades.
Para callar mis dudas
Abanicando con dulzura mis debilidades...
Infinitamente gracias.

Por ser simplemente mi padre,
A quien admiro por sobre todas las cosas,
A quien dedico mis versos en prosa,
A quien recuerdo abrazando a mi madre.

14- ¡OH DIOS QUE NUNCA OLVIDE A MI PADRE!

Me dio tanto, en tan poco tiempo,

Que, aún, con el paso del tiempo lo llevo dentro;

Tan fuerte, como un fuerte viento

Que, me mueve, como frágil sentimiento;

Tan, eterno, como un simple beso;

Que nace, en el lapso, de un verso.

Me amó, tanto, hasta el cansancio;

Que, aún, en mi vida, se escucha su canto;

Tan, claro, como el sol de cada mañana

Entrando en silencio por mi ventana;

Tan, sutil, como el canto de aquel candil

Que reboza de gozo en medio de un atril.

¡Oh, Dios!

Que nunca olvide a mi padre.

A ése, bendito, hombre que me dio la vida;

A ése, amigo, perfecto que me dio su tiempo;

A ese maestro del día que me sirvió de guía;

A ese profeta del recuerdo que marcó mi verbo,

A ese hijo de Dios que me inundó de amor.

¡Señor!

Haz que siempre honre su nombre.

Que nunca le falle en la calle,

Que en la comunión, le ofrezca mi mejor versión,

Que su recuerdo sea mi mejor verbo,

Que mi vida sea el reflejo de la suya.

¡Oh Dios!

Que nunca olvide a mi padre.

15- CUANDO SEA GRANDE

Cuando sea grande...
Quiero ser como mi padre.
Tranquilo y sonriendo siempre a la vida,
Positivo y sacando pecho ante la herida;
Honesto para caminar de frente y sin mentira.

Quiero imitarlo en todo
En su caminar,
su forma de hablar
y, hasta, en la forma de pensar.

Quiero imitarlo en todo
En cómo trata a la gente,
En cómo ama el presente
Y, en cómo, respeta la muerte.

Quiero ser como él
Fiel a su manera de ser,
ser como se quiere creer,
creer que siempre se puede lograr.

Yo quiero ser como mi padre
Dar, mi mejor tiempo, en su momento,
Guiar, con palabras y obras,
Amar, sin miedo a perder.

Como él...

Quiero ser amable,

Por su amabilidad tuvo mucha amistad;

Quiero ser solidario,

Por su solidaridad encontró la caridad,

Y quiero ser congruente.

Porque, siendo coherente, siempre fue verdad.

Descripción del poeta

Escritor de origen salvadoreño, amante del estilo «realismo mágico». Utiliza la prosa romántica en sus diferentes expresiones artísticas, tales como: la novela, el cuento, la poesía, la fábula y la música. Sus argumentos llevan la esencia de un lenguaje poético, mezclado con un realismo mágico y folclórico. En sus obras plasma sus costumbres, principios y normas; embellecidas, muchas veces, por la jerga propia de su país de origen. Su narrativa romántica nos transporta a un mundo de tradiciones populares, hechos históricos y leyendas urbanas que enmarcaron su vida.

En su poesía nos trasmite un sentir: simple, callado, deseado y musitando, aquello querido. Nos lleva por senderos repletos de lluvias de estrellas, murmuros de doncellas y expresiones de gorriones en busca de libertad. En sus coplas encontramos el duende del silencio, la musa de los tiempos y la diosa de la devoción. Nos sumergimos en su realismo mágico, su vivencia coloquial y su querer humilde, ofreciéndonos ramos de frases nuevas, palabras mundanas y ecos de dianas que buscan sotanas en ventanas de un vivir.

Robert Maximiliam

OTROS POEMARIOS

FECULAS DEL CORAZON

VERSOS AL DESNUDO

UN HIMNO AL AMOR

OASIS DE ESPERANZA

AÑORANZAS DEL HIJO PRODIGO

ATRAVES DEL CRISTAL DE MIS OJO

AMO A MI DIOS

AVIONES DE PAPEL

BESOS PARA MI MADRE

CLAROSCURO DE UN AMOR

EL CAITE DE JUDAS-ROMAX

EN EL TIEMPO DE UN SEGUNDO

ENAMORADO

ENTRE SABANAS BLANCAS

AMANDOTE EN EL TIEMPO

FECULAS DEL CORAZON

GLORIAS DESNUDAS

AUTORETRATO

LETANIAS DE UN POETA TRISTE

MARIPOSAS DE PAPEL- ROMAX

AGONIAS DEL SILENCIO